Anna Heussaff

Cois Life Teoranta
Baile Átha Cliath

Bord na Leabhar Gaeilge

Tá Cois Life buíoch de Bhord na Leabhar Gaeilge agus den
Chomhairle Ealaíon as a gcúnamh.
An chéad chló 2006 © Anna Heussaff
ISBN 1 901176 67 3
Clúdach agus dearadh: Alan Keogh
Clódóirí: Betaprint
www.coislife.ie

Do mo mhac Conall agus do na léitheoirí óga eile
a chabhraigh go mór liom leis an scéal.

1

Bhí eagla ag teacht ar Evan.

Bhí a ghluaisteán ag dul róthapa. Bhí a lámha ar an roth stiúrtha ach ní raibh smacht aige ar an ngluaisteán.

Sciorr sé ar dheis. Bhí daoine ag siúl ar an gcosán in aice leis. Rith siad nuair a chonaic siad an gluaisteán. Bhrúigh Evan ar an gcoscán ach níor stop an gluaisteán.

BMW a bhí á thiomáint aige, *M3* dearg. Spórtcharr snasta, gasta. Bhí Evan breá sásta lena ghluaisteán ar dtús. Bhí sé ag dul go tapa, na rothaí ag eitilt san aer, dar leis.

Bhí sé i gcathair Londan. Bhí a chairde, Rio agus Oisín, ag tiomáint thart ar an gcathair ina ngluaisteáin féin freisin. Thaitin sé leo dul go tapa. Thaitin sé leo go háirithe dul níos tapúla ná aon ghluaisteán eile.

Chuaigh siad anseo is ansiúd sa chathair.

Piccadilly Circus agus Trafalgar Square, mar shampla. Áiteanna cáiliúla dá sórt. Bhí na sráideanna gnóthach ach thiomáin siad isteach is amach idir na gluaisteáin eile. Chonaic siad *Nissans, Mercs, Alpha Romeos* is go leor eile. Bhí siad ag faire ar na gluaisteáin, agus bhí siad ag faire freisin ar na daoine a bhí á dtiomáint.

Bhí naimhde acu sa chathair. Naimhde contúirteacha, b'fhéidir, a bhí ag iarraidh breith orthu.

Bhí Evan, Rio is Oisín ag faire amach dá naimhde an t-am ar fad. Bhí a fhios acu go raibh siadsan ag tiomáint thart ar Londain freisin. Ach ní raibh a fhios acu cén gluaisteán a bhí acu. Ní raibh mórán ar eolas acu faoina naimhde fós.

Ní raibh eagla orthu roimh a naimhde fós. Ní raibh eagla orthu roimh luas ná roimh chontúirt. Ach bhí eagla ag teacht ar Evan mar sin féin.

Bhí rud éigin aisteach ag tarlú dó. Ní raibh smacht aige ar an *M3* ach níor thuig sé cén fáth. Sciorr sé den bhóthar agus suas ar an gcosán. Chonaic sé uisce os a chomhair. Abhainn mhór an Thames, ar sé leis féin.

Bhí a chroí ag bualadh go tréan. Bhí eagla air faoi smacht a chailliúint ar a ghluaisteán. Bhí eagla air faoi thimpiste. Dá mbeadh timpiste aige, seans go mbéarfadh na naimhde air. Agus ansin ní bheadh sé in ann tiomáint thart ar Londain níos mó.

D'fhéach sé ar an luasmhéadar san *M3*. Céad fiche ciliméadar san uair. Go breá nuair a bhí tú ag tiomáint ar bhóthar mór folamh. Róthapa nuair a bhí tú ar chasán i lár Londan. Róthapa nuair a bhí tú ag tiomáint caol díreach i dtreo an Thames.

Cad faoi Rio agus Oisín? Chuimhnigh Evan orthu go tobann. Ní raibh sé cinnte cá raibh siad. Bhí gluaisteán Oisín ar dhroichead éigin ar an Thames tamall roimhe sin. *Mitsubishi Evo* a bhí aige siúd. *Toyota Supra* a bhí ag Rio, a bhí ag tiomáint gar do Thúr Londan.

An raibh aon rud nua ar eolas acu faoina naimhde? An raibh smacht acu ar na gluaisteáin fós? Ar chóir d'Evan a rá leo go raibh sé i dtrioblóid?

Bhí smaointe dá sórt ag sciorradh in intinn Evan. Bhí a ghluaisteán ag sciorradh ar an gcosán. Bhí gach rud ag imeacht ó smacht. Soicind amháin eile agus bheadh sé san uisce. Tharraing sé go tréan ar an roth stiúrtha. Bhrúigh sé go tréan ar an gcoscán.

Díreach in am, chas sé an *M3* amach ón Thames.

Chonaic sé an London Eye, an roth ollmhór taobh leis an Thames, os a chomhair. Chonaic sé na capsúil ghloine ar an Roth. Bhí daoine ag fanacht chun dul sna capsúil. De réir mar a chas an Roth, chuaigh na capsúil in airde san aer, suas suas in airde go dtí go raibh radharc iontach le fáil ar Londain ar fad. Rinne Evan an turas i gcapsúl an samhradh roimhe sin, lena dheirfiúr Síofra agus a dtuismitheoirí. Thar barr ar fad, a dúirt sé féin faoin turas. As an domhan seo, a dúirt Síofra.

Bhí slua ar an gcosán in aice leis an Roth. Bhí gluaisteán Evan ar tí iad a bhualadh. Ach bhí rud éigin aisteach ar an gcosán os a chomhair. Nathair. Bhí nathair bhuí ag sleamhnú go mall ar an gcosán. Bhrúigh Evan ar an gcoscán arís.

Ansin tharla rud eile gan choinne.

Buille.

Buille láidir, cosúil le buille leictreach.

Níor bhuail gluaisteán Evan an slua. Bhuail rud éigin Evan.

Ní raibh sé in ann an cosán a fheiceáil anois. Bhí gach rud ag dubhú os a chomhair. Bhí greim aige fós ar an roth stiúrtha ach ní raibh sé ag tiomáint. Bhí pian ina lámha. Agus bhí sé ag titim, ag titim siar sa dorchadas.

Bhí gach rud ag tarlú go mall. An phian mar arraing trína lámha. An dubhú agus an titim.

Bhí duine éigin ag screadaíl. Ní raibh torann na ngluaisteán i gcluasa Evan anois. Bhí ciúnas ina chluasa, seachas scread fhada amháin.

'Cén fáth…?'

'Cén fáth cad é? Cén fáth nár chuala sibh mé, an ea?'

'Ní hea, cén fáth a bhfuil tusa anseo? Nach dtuigeann tú…?'

Evan agus a dheirfiúr Síofra a bhí ag argóint lena chéile. Ní raibh Evan istigh i ngluaisteán níos mó. Ní raibh abhainn an Thames ná an London Eye os a chomhair. Bhí greim aige ar an roth stiúrtha ach ní raibh sé ag tiomáint.

Bhí sé ina sheomra codlata féin sa bhaile in Éirinn. Bhí Londain istigh i gcluiche. Cluiche darbh ainm dó Vortex, a bhí á imirt aige cúpla nóiméad roimhe sin.

Bhí an cluiche á imirt ag Evan is a chairde den chéad uair riamh. Ní cluiche do *Playstation* ná *X-Box* ná a leithéid a bhí ann. Chun imirt ar Vortex, chuir tú spéaclaí móra ort, spéaclaí 3D. Chonaic tú saol eile istigh sna spéaclaí sin.

Chreid tú go raibh gluaisteán á thiomáint agat. Bhí roth stiúrtha i do lámha, agus istigh sna spéaclaí, chonaic tú an roth céanna sin, chonaic tú fuinneoga an ghluaisteáin, chonaic tú na sráideanna a raibh tú ag tiomáint orthu.

'Cén fáth a bhfuil tú anseo?' Ba bheag nár scread Evan ar a dheirfiúr. Bhí sí ina seasamh in aice leis, ach bhí an seomra dorcha agus ní fhaca siad a chéile i gceart. 'Cé a thug cead duit stop a chur leis an gcluiche? Tharla rud éigin dom...'

'Tóg go bog é,' arsa Síofra. Ach bhí sí féin ag labhairt go hard, glórach freisin. 'Níl ann ach cluiche...'

'Not just cluiche cosúil le cluichí eile, though.' Rio a ghearr isteach uirthi. Meascán Gaeilge is Béarla a bhíodh aige i gcónaí. 'Virtual Reality atá ann, you know, so nuair atá tú istigh sa Vortex, ceapann tú gurb é sin an real reality agus nach bhfuil an saol amuigh anseo...'

'Tharla rud éigin dom agus ní Réaltacht Fhíorúil a bhí ann,' arsa Evan. Ní bhíodh meascán cainte aige siúd ná ag a dheirfiúr. 'Tharla sé i ndáiríre. Fuair mé buille nimhneach i mo lámh. Cosúil le buille leictreach.'

Chas Síofra agus chonaic Evan an cábla a bhí ina lámh aici. Cábla leictreach an Vortex a bhí ann.

'Nach tú atá cliste!' ar sé lena dheirfiúr. 'Ghearr tú an leictreachas chun an cluiche a stopadh. Agus ba bheag nár mharaigh tú mise ag an am céanna!'

'Ná cuir an locht ormsa!' arsa Síofra. 'Tháinig mé isteach sa seomra chun rud éigin a rá libh. Ach caithfidh go raibh sibh ar phláinéad éigin eile, mar níor chuala aon duine mé.'

Thug sí an cábla dá deartháir. 'An chéad uair eile a imreoidh sibh an cluiche sin,' ar sí, 'fágaigí uimhir fóin nó rud éigin. Ansin ní bheidh orm an cluiche a stopadh chun labhairt libh.'

Leag Evan an cábla ar an leaba agus shiúil sé go dtí an fhuinneog chun na cuirtíní a oscailt. Bhí mearbhall air. Níor theastaigh uaidh argóint lena dheirfiúr níos mó. Theastaigh uaidh labhairt le Rio is le hOisín faoin méid a tharla sa chluiche. Bhí an

Vortex iontach agus aisteach ag an am céanna.

Mar bhronntanas a fuair sé an cluiche cúpla lá roimhe sin. A uncail Zak a thug dó é, ach níor cheannaigh Zak an Vortex in aon siopa. Fuair sé ó chara éigin é, a bhí ag obair le comhlacht cluichí sa tSín. Ní raibh an Vortex réidh do na siopaí fós, a mhínigh Zak. Bhí an cluiche á thriail den chéad uair ag Evan is a chairde. Ní raibh aon eolas acu air ach an méid a d'fhoghlaim siad istigh sa chluiche féin.

'Ar aon nós,' arsa Síofra ansin, 'tháinig mé isteach chun teachtaireacht a thabhairt d'Oisín.' Bhí an doras ar oscailt aici agus í ar tí dul amach. 'Cheap mé go raibh sé anseo sa seomra nuair a tháinig mé isteach. Ach má tá sé imithe…?'

D'oscail Evan na cuirtíní ag an nóiméad céanna. D'fhéach sé féin agus Rio ar a chéile. Ní dúirt ceachtar acu focal ar feadh tamaill.

'Cá bhfuil sé?' arsa Evan ar deireadh.

3

Ní raibh Oisín sa seomra. Ní raibh sé sa teach ná sa ghairdín ach oiread. Chuir Evan glaoch fóin ar uimhir Oisín, ach bhí fadhb éigin leis an líne.

'Out of power, sin an méid,' arsa Rio ar deireadh. 'Bhí Oisín anseo sa seomra linn one minute, agus an next minute, d'imigh sé amach go ciúin. Bhí sé ag iarraidh glaoch fóin a dhéanamh, maybe, agus ní raibh credit aige. So chuaigh sé go dtí an siopa or something.'

'Ach cén fáth ar imigh sé gan focal a rá?' Bhí Evan ag cogaint ar a ingne agus é ag caint. Bhí sé ina shuí ar an leaba taobh le Rio, a ghlúine tarraingthe suas faoina smig aige.

Chiceáil Rio cos amháin ar a chos eile. Bhí sé ag iarraidh a thaispeáint nach raibh sé buartha faoi Oisín. 'Sin mar a bhíonn Oisín,' ar sé. 'Ní deir sé mórán at the best of times.'

Chrom Evan agus thóg sé spéaclaí an Vortex ón urlár. Chas sé ó thaobh go chéile iad, á scrúdú.

'Tharla rud éigin aisteach nuair a stop an cluiche,' ar sé ansin. 'Chuala mé duine éigin ag screadaíl, táim beagnach cinnte de. Ach níl a fhios agam an raibh Oisín fós ag tiomáint ag an am sin.'

Bhí Síofra ina suí ar an urlár go tostach. Bhí sí ag útamáil leis na hiallacha ar a bróga bána. Bhí sí bliain go leith níos sine ná Evan, ach bhí sí cosúil lena deartháir ar a lán slite. Bhíodh an bheirt acu néata, slachtmhar i gcónaí. Ní bhíodh bróga bána Shíofra ná Evan salach riamh mar a bhíodh bróga bána Rio.

'Cad atá i gceist agat?' a d'fhiafraigh sí ansin. 'Conas a bheadh a fhios agat an raibh Oisín ag tiomáint? Nach raibh na spéaclaí móra sin ort an t-am ar fad?'

'Bhí, but you see…' arsa Rio. Bhí seisean sínte siar ar an leaba anois. Éadaí sraoilleacha, dubha a bhí air, agus bhí cochall a gheansaí fáiscthe ar a cheann.

'Istigh sa Vortex,' a mhínigh sé do Shíofra ansin, 'feiceann tú scáileán mór, Ok? Tá gach rud in 3D, agus nuair a bhíonn tú ag tiomáint, feiceann tú na sráideanna is na gluaisteáin on all sides. Ach ansin istigh i do ghluaisteán, tá mini-screen ar an dashboard agus tá léarscáil Londan ar an mini-screen, right? And the thing is, taispeánann an léarscáil cá bhfuil tú féin is na himreoirí eile.'

'Conas? Solas beag ar an léarscáil do gach aon duine, nó cad é?'

'*Not* solas,' arsa Rio. 'Bíonn ciorcal beag ag gach aon duine ar an léarscáil. Ciorcal dearg agamsa, ciorcal buí ag Evan agus ceann gorm ag Oisín. So nuair a bhí mise ag dul trasna Tower Bridge, let's say, bhí mo chiorcal dearg ag trasnú an droichid sin ar an léarscáil freisin.'

'Agus cá raibh ciorcal Oisín ag deireadh an chluiche? Nó an raibh tú ag faire ar an léarscáil ag an am sin?'

Níor thug Rio freagra ar Shíofra láithreach. Dhún sé a shúile agus é ag smaoineamh siar ar an gcluiche.

'Stop ciorcal Oisín,' arsa Rio ar deireadh. 'Bhí sé in aice leis an roth sin, an London Eye thing, nuair a stop sé. Just nóiméad nó dhó roimh an deireadh, that was.'

'Bhí mise in aice leis an roth freisin,' arsa Evan. 'Ach ní fhaca mé Oisín...'

'Hold on nóiméad eile,' arsa Rio. Shuigh sé suas agus rinne sé miongháire leis an mbeirt eile. 'Stop ciorcal Oisín, and that means gur stop a ghluaisteán. Which means gur stop Oisín ag imirt agus gur shiúil sé amach as an seomra, for reason or reasons unknown. Díreach mar a dúirt mé cheana.'

Sheas Síofra agus shiúil sí go dtí an fhuinneog, gan focal a rá. Dhún sí na cuirtíní arís agus thrasnaigh sí an seomra go dtí an doras. Chuaigh sí amach as an seomra agus tháinig sí isteach arís.

'Tá fadhb amháin leis an méid a dúirt tú, a Rio,' ar sí ansin. 'Nuair a tháinig mise isteach sa seomra, bhí tusa agus Evan ar an leaba, nach raibh? Díreach mar atá sibh anois? Agus táim cinnte go raibh duine eile ar an urlár. Táim cinnte go raibh Oisín ann. Agus níor chuala mé é ag dul amach ina dhiaidh sin.'

Thit tost ar an triúr acu. Chuir Síofra an solas ar siúl agus sheas sí ag féachaint ar an mbeirt eile.

Stán Rio ar an tsíleáil. Chrom Evan a cheann agus scrúdaigh sé spéaclaí an Vortex arís.

'Tharla rud éigin contúirteach sa Vortex,' ar sé ar deireadh. Bhí sé ag cogarnaíl, nach mór. 'Rud éigin aisteach agus contúirteach, dar liom. Bhí naimhde sa chluiche ag iarraidh breith orainn. Rug siad ar Oisín, b'fhéidir, agus díreach ag an nóiméad céanna, ghearr Síofra an leictreachas. Ansin d'imigh Oisín as radharc…'

'Chuaigh sé trasna go dtí an other side, an é sin é?' arsa Rio. Labhair seisean de chogar freisin, ach rolláil sé a shúile, agus é ag iarraidh magadh a dhéanamh faoin scéal.

Thóg Evan a cheann agus d'fhéach sé go socair ar a chara. Dath donn a bhí ar a shúile, agus chonaic Rio an dáiríreacht iontu.

'Níl aon mhíniú eile ar an scéal,' arsa Evan. 'Rud a chiallaíonn…'

'Rud a chiallaíonn go mbeidh a mham ag glaoch arís air,' arsa Síofra. D'fhéach sí ar a huaireadóir de gheit. 'Sin an fáth ar tháinig mé isteach sa seomra. Bhí mam Oisín ar an bhfón leathuair an chloig ó shin. Ní bhfuair sí freagra ó fhón póca Oisín, agus d'iarr sí ormsa a rá leis dul go dtí teach a dhaid anocht. Beidh sí féin ag obair tráthnóna nó rud éigin.'

'Níl daid is mam Oisín ar na best of terms,' arsa Rio. 'In actual fact, ní dóigh liom go labhraíonn siad lena chéile riamh.'

'Conas?' arsa Síofra. 'Conas is féidir leo gan labhairt lena chéile?'

'Éasca,' arsa Rio. 'For a start, ní chónaíonn siad sa teach céanna…'

'Nílim ag caint faoi sin,' arsa Síofra. 'Tá's agam go bhfuil a thuismitheoirí scartha. Tá a lán tuismitheoirí scartha óna chéile, ach de ghnáth labhraíonn siad lena chéile anois is arís. Nuair is féidir in aon chor. Faoin scoil nó laethanta breithe nó pé rud…'

'Not these tuismitheoirí,' arsa Rio. 'Sin a deir Oisín ar aon nós.'

Phreab Evan ina sheasamh. Bhí gléasanna cluichíochta an Vortex ar an urlár, agus chuir sé na spéaclaí agus na rothaí stiúrtha ina líne néata.

'Éistigí!' ar sé. 'B'fhéidir go bhfuil Oisín i dteach a dhaid agus go gcuirfidh sé glaoch orainn go luath. Ach b'fhéidir gur tharla rud éigin fíor-aisteach, mar a chreidim, agus go bhfuil sé gafa istigh sa chluiche.'

Chas Evan agus cheangail sé an leictreachas leis an Vortex arís. 'Má tá sé gafa,' ar sé ansin, 'caithfimid cabhrú leis. Caithfimid dul isteach sa chluiche arís agus é a thabhairt slán.'

'Ach cad faoi his loving tuismitheoirí?' a d'fhiafraigh Rio. 'Cad a déarfaimid leo nuair a ghlaofaidh siad ar ais air?'

'Ní déarfaimid aon rud leo, ná lenár dtuismitheoirí féin,' arsa Evan. 'Ceapfaidh mam Oisín go bhfuil sé i dteach a dhaid agus ceapfaidh a dhaid go bhfuil sé lena mham. Faoin am a gcuirfidh aon duine ceist faoi arís, beidh sé slán sábháilte anseo sa seomra.'

Naimhde.

Cérbh iad na naimhde? Agus cad a dhéanfaidís le hOisín?

Bhí freagraí á lorg ag Rio. Bhí sé ina luí ar chuisín mór ar an urlár. Bhí spéaclaí an Vortex ar a chloigeann ach ní raibh sé ag tiomáint. Bhí sé gnóthach leis an Roghchlár, nó an Game Menu mar a thug sé féin air. Bhí leideanna á lorg aige faoin gcluiche. Eolas d'aon sórt faoin gcaoi ar oibrigh an Vortex.

Scrúdaigh sé an liosta os a chomhair. Príomhchlár. Próifíleanna. Cluiche d'Imreoir Aonair, Cluiche do Bheirt Imreoirí, Cluiche do Thriúr Imreoirí. Gluaisteáin. Grafaicí. Misin. Móid.

So far so ceart go leor, ar sé leis féin.

D'oscail sé an Príomhchlár. Na gnáthrudaí, looked like. Imir, Stad, Sábháil. Leibhéil éagsúla sa chluiche, agus an chéad leibhéal i Londain. Nuair a tháinig deireadh le leibhéal amháin, léim an cluiche go dtí leibhéal eile. Ach ní raibh sé soiléir conas a tharla sin, nó cá raibh na leibhéil eile.

'Próifíleanna' an chéad rud eile. Eolas a chuir na himreoirí sa Vortex. Bhí a n-ainmneacha ann ón gcéad imirt. Evan, Rio agus Oisín. Rian an t-ainm ceart air féin, ach thug gach aon duine Rio air. Bhí pictiúr iomlán ar an scáileán de gach duine acu, a thóg ceamara beag ar an Vortex.

Evan fionn agus é féin dorcha. A smig féin róbheag is a shrón rómhór, more's the pity. Evan dathúil, of course. Evan cliste freisin, agus é ag barr an ranga i gcónaí. We're all different, a dúirt Rio leis féin. Ní raibh éad air lena chara. Bhí sé féin cliste freisin, ach bhí sé leisciúil. Bhí sé breá sásta a bheith leisciúil.

Pictiúr Oisín ansin os a chomhair. A chuid gruaige an-ghearr. Geansaí bán agus bríste reatha gorm air. É plucach, beagán ramhar fiú. Pleasantly plump, mar a deireadh Rio leis.

Deacair a rá an raibh Oisín cliste. Bhí a shúile nach mór dúnta sa phictiúr. B'in mar a bhíodh sé go minic. A chloigeann sna scamaill, a deireadh múinteoir amháin ar scoil.

Bhí ainm agus pictiúr Shíofra sna Próifíleanna anois freisin. A cuid gruaige fada, díreach. Í tanaí mar a bhí Evan, ach níos airde ná é. Péire jeans uirthi, le réaltaí órga ar na pócaí. T-léine dhearg uirthi agus na bróga bána glana sin. Meangadh mór uirthi. Ní raibh sise so worried faoi gach rud is a bhí Evan, arsa Rio leis féin.

Chliceáil sé anseo is ansiúd ar an Roghchlár. Not much eolas le fáil ann, mór an trua. Chaith sé tamall ag féachaint ar na gluaisteáin. Sweet selection, ar sé go ciúin, nuair a chonaic sé go raibh *Porsche Carrera* agus *Dodge Viper* ina measc.

Ach tada in aon chor faoi naimhde. Chliceáil sé ar Misin ach níor tharla aon rud. Chliceáil sé ar Móid agus níor tharla aon rud ach oiread. Chliceáil sé anonn is anall agus ar deireadh, d'oscail scáileán nua.

Bhí amhrán á chanadh go híseal ag Rio agus é ina luí ar an gcuisín mór. 'Be My Enemy', amhrán le grúpa Éireannach éigin. Na Waterboys, CD a bhí ag a mham, b'in an ceann. Rud éigin faoi 'if you'll be my enemy, I'll be your enemy too.' Bhí na focail ag dul thart ina cheann. Ach stop sé ag canadh nuair a chonaic sé an scáileán nua.

Just great. Bhí gach rud ar an scáileán scríofa i Sínis. Sínis nó Seapáinis nó some language eile nach raibh aige féin.

So far so not ceart go leor in aon chor.

Ní raibh aon treoirleabhar ann don chluiche, b'in an trioblóid. Fuair Zak, uncail Evan, an cluiche ó chomhlacht in some remote city i lár na Síne. B'in a dúirt Evan anyway. Bhíodh Zak ag taisteal ar fud an domhain ag díol cluichí, agus thugadh sé bronntanais abhaile go minic. Handy sort of uncail, de ghnáth.

Ok, cad faoi ghlaoch fóin a chur ar Zak? Seans go raibh sé i Sao Paolo nó St. Petersburg nó wherever. Ach bhí fón póca aige. Agus thuig sé cluichí agus ríomhairí.

Nó cad faoi ghlaoch fóin a chur ar an gcomhlacht a rinne an cluiche? Chongqing, b'in an t-ainm ar an áit. Massive city le tríocha milliún duine, a dúirt Zak le hEvan. Another world ar fad. Ach bhí fónanna ann for sure.

Agus bhí buachaill Síneach ar fhoireann peile Evan. Bheadh seisean in ann insint dóibh cad a bhí scríofa sa Vortex i Sínis. If it was Sínis.

Chliceáil Rio anonn is anall arís. Trouble was, ní raibh Evan sásta glaoch fóin a chur ar aon duine. Bhí eagla air nach gcreidfeadh aon duine ar tharla d'Oisín.

Ní raibh Rio cinnte gur chreid sé féin an scéal. Any nóiméad, ar sé leis féin, siúlfaidh Oisín isteach an doras. Agus ansin beimid go léir happy ever after.

Ach meanwhile, ní raibh de rogha acu ach imirt ar an Vortex. Ní raibh leideanna le fáil sa Game Menu. No use cuardach a dhéanamh ar an idirlíon chun Cheats a lorg ach oiread. Not likely go mbeadh leideanna ar an idirlíon do chluiche nach raibh ag aon duine eile ar domhan.

Shín Rio amach a chosa fada agus thosaigh sé ag canadh go ciúin arís. 'If you'll be mo namhaid I'll be do namhaid chomh maith.'

Ní raibh Evan ag canadh. Bhí spéaclaí an Vortex air agus bhí sé ag tiomáint thart ar Londain. Bhí an *BMW M3* aige arís. Ach ní raibh a fhios aige cad a bhí á lorg aige. Bhí sé éasca a rá le Rio agus Síofra go raibh orthu Oisín a shábháil óna naimhde. Ach ní raibh a fhios aige conas é sin a dhéanamh. Ní raibh tuairim dá laghad aige conas é a dhéanamh.

Bhí an locht ar fad ar Shíofra, a dúirt Evan leis féin. Bhí gach rud go breá ar dtús. Ach ansin tháinig a dheirfiúr isteach sa seomra agus ghearr sí an leictreachas. Ón nóiméad sin chuaigh an cluiche amú.

Bhí eagla ag teacht air arís. An eagla a bhí air an uair seo ná nach bhfeicfeadh sé Oisín arís.

'Ná déan!'

Chuala Evan a ghuth féin. D'airigh sé pian ghéar ina chos.

'Leag as!

Bhuail rud éigin buille ar a chos arís. Bhí mearbhall ag teacht air. Bhí sé ag féachaint ar an saol istigh sa Vortex. Ach bhí rud éigin taobh amuigh den Vortex á bhualadh. Chuir an mearbhall luascadh ar a bholg. Thosaigh a intinn ag luascadh idir Londain agus a sheomra féin sa bhaile.

Ach ní buille leictreach a bhí ann an uair seo. Bhí duine éigin á chiceáil. Duine éigin ina sheomra codlata. Síofra a bhí ina seasamh in aice leis.

'Brón orm faoin gcic,' ar sí. 'Deacair labhairt leat nuair atáimid ag imirt, ach níor theastaigh uaim an leictreachas a ghearradh arís…'

'In ainm Chroim!' arsa Evan léi. 'Ní gá duit mé a ghortú…'

'Ná bac sin anois,' arsa Síofra. 'Fuair mé amach gur féidir pointí a fháil sa chluiche.'

Ní dúirt Evan tada. Bhí fearg air lena dheirfiúr. Agus bhí éad ag teacht air mar gur thuig sise rud éigin faoin Vortex nár thuig sé féin.

'Ceapaim go gcabhróidh na pointí linn Leibhéal a hAon a chríochnú,' ar sí. 'Ansin beimid in ann dul go dtí an chéad leibhéal eile go tapa. Seans maith go bhfuil Oisín is na naimhde imithe as Londain faoin am seo, tá's agat, go dtí leibhéal eile sa chluiche.'

Bhí greim ag Síofra ar a roth stiúrtha. Chas sí an roth agus thaispeáin sí maide beag taobh leis dá dearbráir.

'Thriail mé rudaí éagsúla leis an maide seo,'a mhínigh sí. 'Agus nuair a chliceáil mé faoi thrí air, tháinig ceisteanna aníos ar an scáileán. Ceisteanna faoi áiteanna cáiliúla i Londain...'

'Quiz, you mean?' arsa Rio. Bhí a chuid spéaclaí Vortex timpeall ar a mhuineál aige. 'Caithfimid quiz a dhéanamh sa weird and wonderful Vortex?'

'Measaim é,' arsa Síofra. 'Stopann tú ag áit cháiliúil i Londain agus cliceálann tú ar an maide. Tagann ceist ar an scáileán faoin áit sin agus ansin rogha freagraí. Beagán cosúil le "Who wants to be a millionaire"'...

'Hey presto!' arsa Rio. Chas sé a chloigeann chun féachaint ar Shíofra. 'Maith an rud é go bhfuil tusa ag imirt linn!'

'Cad atá i gceist agat?' arsa Síofra. D'fhéach sí ar Evan, a bhí ag útamáil leis an maide ar an roth stiúrtha. Thuig sí go raibh a dearbráir fós míshásta léi.

'Cad atá i gceist agam?' arsa Rio de gháire. 'Presenting Síofra Lisa Simpson, an cailín a bhíonn sona sásta ag déanamh her obair bhaile! An cailín a thabharfaidh na freagraí ar gach quiz-cheist sa Vortex!'

D'fhan Evan ina thost. Déan dearmad ar an bhfearg agus ar an éad, a dúirt sé leis féin. Níl tábhacht ar bith leo. Níl tábhacht ach le rud amháin as seo amach.

Dé Sathairn. A ceathair a chlog san iarnóin. Leibhéal a hAon den chluiche beagnach déanta faoi dheireadh.

Bhí Síofra ina suí go luath ar maidin. Chaith sí uair an chloig roimh am bricfeasta ag cuardach ar an idirlíon. Fuair sí eolas faoina lán áiteanna cáiliúla i Londain. Theastaigh uaithi freagraí a fháil ar na ceisteanna sa Vortex. Agus theastaigh uaithi a thaispeáint d'Evan go raibh sí ag cabhrú leis féin is le Rio. Ní raibh an locht uirthi faoin rud a tharla d'Oisín, dar léi. Ach bhí sí buartha faoi, mar sin féin.

Ní raibh am aici Leibhéal a hAon a chríochnú ar maidin. Bhí rang pianó aici ar a deich a chlog agus rang rince ag meán lae. Bhí rang giotáir ag Rio, agus bhí air dul ag siopadóireacht lena mháthair. Ansin bhí cluiche peile ag Evan. D'imigh an lá, nach mór, agus bhí sé a trí a chlog sula raibh deis ag Evan agus ag Síofra suí síos ag an Vortex.

Chuir Evan spéaclaí an Vortex air agus shuigh Síofra ag an ríomhaire in aice leis. Chuaigh Evan isteach sa chluiche, agus thiomáin sé thart ar thóir na gceisteanna. D'fhan Síofra taobh amuigh den chluiche, ag léamh amach freagraí ón idirlíon. Ach bhí siad in ann labhairt lena chéile mar gur bhain Evan na cluasáin a bhí mar chuid de na spéaclaí móra.

Cé mhéad seomraí in Buckingham Palace agus cérbh í Madame Tussaud? Cad a chiallaíonn Greenwich Mean Time agus cén áit is féidir an Great Fire of London a fheiceáil ar lasadh? Ceisteanna faoi na staideanna peile ag Stamford Bridge agus ag White Hart Lane. Ceist éigin eile faoi Dhroichead Londan, an ceann san amhrán faoin droichead a bhí ag titim.

'Cheannaigh Meiriceánach é,' arsa Síofra. Bhí sí ag cliceáil ar an idirlíon agus í ag caint. 'Boc saibhir éigin.'

'Níl ciall ar bith leis sin,' arsa Evan. 'Conas is féidir le boc mór droichead ar an Thames a cheannach?'

'Cheannaigh sé é mar bhí sé ag titim as a chéile,' arsa Síofra go foighneach. 'Ansin leagadh an droichead, cloch ar chloch, tugadh trasna an Atlantaigh é agus tógadh arís é in Arizona.'

'Ní chreidim...' arsa Evan. Ach níor lean sé leis an abairt. Níor theastaigh uaidh argóint le Síofra. Ní raibh ach ceist amháin eile fágtha. Níl tábhacht le haon rud ach an cluiche, a dúirt sé leis féin don deichiú huair.

'An cheist dheireanach,'ar sé ansin, 'ná cé a chuaigh ar an Millenium Wheel sa bhliain 2003. Sin ainm eile ar an London Eye, tá's agat. Na Rugrats? Na Simpsons? James Bond? Nó...?'

'Hold it, tá's agamsa an freagra ar an gceann sin!' Rio a bhí ag caint. Bhí sé ina sheasamh ag doras an tseomra. Bhí spéaclaí gréine nua air, agus bhí sé gléasta ar nós rap-amhránaí.

'Homer agus Marge Simpson,' ar sé de gháire. 'Nach cuimhin libh, ar a holidays i Londain? Bhí Bart agus Lisa ar strae, agus chuaigh Homer agus Marge suas ar an roth thing mar lookout...'

'Ó cinnte, is cuimhin liom é anois,' arsa Síofra.

'Agus an cuimhin leatsa cad a tharla nuair a bhí Homer i dTúr Londan agus go raibh air éalú…?'

Chas Evan agus bhain sé na spéaclaí móra de. Ní dúirt sé aon rud ach chonaic an bheirt eile an dáiríreacht ina shúile arís. Stop siad dá gcomhrá go tobann agus chuir siad orthu spéaclaí an Vortex. Cheangail Evan na cluasáin lena phéire spéaclaí féin.

Bhí na scáileáin dubh istigh sa chluiche. Chuala an triúr guth ina gcluasáin.

'Fáilte romhaibh, a chairde,' arsa an guth. Bean a bhí ag caint leo. Bhí a guth géar, cosúil le cloch ag scríobadh ar chlár dubh.

'Sea, a chairde,' arsa an guth. 'Tá sibh buartha faoi Oisín bocht, nach bhfuil?' Rinne sí gáire searbh. 'Agus tuigeann sibh, gan amhras, cén fáth a bhfuil 'Vortex' mar ainm ar an gcluiche? Mar go slogann cuilithe, nó Vortex, gach rud eile a thagann róghar di?'

Tháinig athrú ar na scáileáin istigh i spéaclaí an Vortex. Ní raibh siad dubh níos mó. Chonaic Síofra, Evan is Rio ballaí ina dtimpeall. Ballaí gan fuinneoga ná doirse.

Chonaic siad scáileanna dorcha ar na ballaí. Ghluais na scáileanna go mall. Bhí duine nó daoine ag faire ar Shíofra, ar Evan is ar Rio.

'Bígí cúramach, a chairde,' arsa guth eile. Fear a bhí ann. Bhí a ghuth tirim, cosúil le gaineamh ar chraiceann bog.

'Tá naimhde agaibh anseo sa Vortex,' arsa an fear. 'Feiceann sibh ár gcuid scáileanna ar na ballaí, nach bhfeiceann? Nathair is ainm domsa. Nathair is ainm dom, mar go bhfuil cobra deas contúirteach agam mar pheata.'

Bhí scáil eile le feiceáil anois. An cobra a bhí ann, ag sleamhnú go mall idir balla agus talamh. Bhí a theanga fhada ag gluaiseacht isteach is amach as a bhéal.

'Sea, gan amhras,' arsa an bhean ansin. 'Táimid go léir contúirteach. Nimh is ainm domsa.'

Rinne an bhean gáire magúil nuair a stop sí ag caint. Chuala Síofra, Evan is Rio an cobra ag siosarnach. Agus ansin chuala siad torann eile. Urchar gunna. Pléasc ghrod, thorannach a bhain geit astu.

Tháinig ciúnas ina dhiaidh. Tost iomlán.

Bhí na ballaí ina dtimpeall fós, ach bhí gach aon duine istigh i ngluaisteáin anois. Bhí siad i gcarrchlós faoi thalamh. Thiomáin siad suas rampa go dtí an tsráid.

Mini Cooper a bhí ag Síofra an uair seo, é gorm le stríocaí rásaíochta air. D'fhéach sí thart uirthi ar an tsráid. Bhí na gluaisteáin á dtiomáint ar an taobh dheas den bhóthar. Chonaic sí fógraí anseo is ansiúd. Métro. Tabac. Rond Point. Toilettes.

Bhí gach rud scríofa i bhFraincis. Chonaic Síofra comhartha sráide eile agus thuig sí cá raibh sí. La Tour Eiffel. Páras, ar ndóigh.

Bhí sí i bPáras ar saoire trí nó ceithre bliana roimhe sin. Chuimhnigh sí ar áiteanna cáiliúla ar thug sí cuairt orthu. Ardeaglais éigin, le doirse ollmhóra. Nôtre Dame, b'in an ceann. Agus an Louvre, áit a raibh an pictiúr cáiliúil, an *Mona Lisa*. An pictiúr a bhí san úrscéal sin a léigh sí tamall roimhe. *The Da Vinci Code*, b'in an ceann.

Stop Síofra a gluaisteán ag an Tour Eiffel. D'fhéach sí in airde ar an túr miotail, é ag síneadh suas, suas in airde sa spéir. Deacair a chreidiúint go raibh daoine in ann dul suas go barr an túir. Deacair a lán rudaí a chreidiúint, dar léi.

Chliceáil sí ar an maide ar a roth stiúrtha, díreach mar a rinne ag áiteanna cáiliúla i Londain. Cén sórt ceisteanna a bheadh le freagairt i bPáras? Chliceáil sí trí huaire ach níor tharla aon rud. Thiomáin sí trasna abhainn na Seine go dtí áit cháiliúil eile, an Trocadéro. Chliceáil sí ansin freisin. Níor tharla aon rud ach oiread.

Bhí rialacha nua sa chluiche ag Leibhéal a Dó. Ní raibh ceisteanna le freagairt an uair seo. Chuimhnigh Síofra ar an ngáire a rinne Nimh agus Nathair. Gáire searbh, magúil.

Bhí smacht ag na naimhde ar an gcluiche. Bhí sé éasca teacht isteach sa Vortex. An rud a bheadh deacair ná imeacht as.

Ceithre nóiméad do gach rás. Sé ghluaisteán i ngach rás.

Bhí Rio ag tiomáint ar shráid mhór leathan i gcathair Pháras. *Lotus Elise* a bhí aige an uair seo. Spórtcharr álainn, aoibhinn, iontach, dar leis.

D'fhéach sé ar an luasmhéadar. Céad daichead ciliméadar san uair. Bhrúigh sé ar an luasaire. Céad seasca. No trouble in aon chor don *Lotus*, ar sé leis féin. Dhá chéad ciliméadar san uair, any second now.

Chun pointí a fháil ag Leibhéal a Dó den Vortex, bhí rásaí le rith. Bhí rásaí le buachan. B'in a fuair Rio amach nuair a chonaic sé spórtcharranna eile ag rásaíocht ar shráid gar d'abhainn na Seine. Right up my street, ar sé leis féin de gháire.

Bhí dhá rás déanta aige cheana féin. Bhuaigh sé an chéad rás go héasca agus bhí sé sa dara háit sa dara rás. Bhí an tríú rás ar siúl anois agus bhí Rio sa tríú háit. Getting harder, gan aon amhras.

Bhí na gluaisteáin eile ag dul níos tapúla gach babhta. Bhí *Alpha Romeo* agus *Chevrolet Corvette* os a chomhair. Bhí *Renault Clio, Volkswagen Golf* agus *Mercedes* éigin taobh thiar de. Bhí dhá nóiméad as na ceithre nóiméad den rás caite.

In am an *Alpha* a fhágáil for dust, arsa Rio leis féin. Bhí clog ar an scáileán, a thaispeáin gach soicind ag dul thart. Tic, toc, get out of my way, a mhac.

Bua, bua, bua. Bhí air an bua a fháil.

No reason gan spórt a bhaint as freisin, though. Tiomáint ar nós na gaoithe. Luas. Spraoi. Agus yippididee!

Ghluais an *Lotus* amach chun dul thar an *Alpha Romeo*. Ghluais an *Alpha Romeo* amach chun stop a chur leis. Ok, arsa Rio leis féin, have it your way, más ea. Tabharfaidh mise cic sa tóin duit. About time gur thug mé sonc do ghluaisteán eile, díreach mar a dhéanaim i gcluichí *Playstation* is a leithéid.

Bhuail an *Lotus* an *Alpha Romeo*. Sciorr an dá ghluaisteán, ceann ar dheis agus an ceann eile ar chlé. Bhuail an *Lotus* balla idir an tsráid agus an abhainn. Stop sé go tobann.

Lúb an boinéad. Roc an miotal. Scoilt solas amháin ina smidiríní.

Pian. Pian ghéar.

Pian i lámha Rio. Pian mar arraing trína chorp go léir.

Bhí Rio ar crith. Stop sé den imirt agus chuimil sé lámh amháin ar a lámh eile. Some cluiche this, ar sé leis féin.

Bhí an Vortex difriúil le cluichí eile for sure. Bhí contúirtí sna cluichí maithe go léir. Contúirtí, naimhde, gluaisteáin agus gunnaí. Spórt agus spraoi de ghnáth.

Ach sa Vortex, ní raibh na contúirtí ann mar spraoi. An rud faoi na contúirtí sa Vortex ná go raibh siad actually contúirteach.

Chuimil Rio a lámha ar a chéile arís. Sos beag, ar sé leis féin, agus beidh mé réidh for action arís. No more soncanna do ghluaisteáin eile, sadly. Beidh orm tiomáint go cúramach. Just cosúil leis an real world, mór an trua.

Ní raibh a fhios ag Síofra go raibh Rio i dtrioblóid. Bhí sí féin is Evan ag tiomáint thart, ag faire amach d'Oisín agus na naimhde. Ag faire de shíor d'aon leideanna a chabhródh leo.

Bhí sí ar shráid cháiliúil, an Avenue des Champs Elysées. Cnoc mór fada, dhá chiliméadar ar fad, agus áit an-cháiliúil, an Arc de Triomphe, thuas ag a bharr. D'fhéach Síofra ar an mionscáileán ina gluaisteán cúpla uair, agus chonaic sí ciorcal dearg Rio gar d'abhainn na Seine. Nuair a stop ciorcal Rio, cheap sí go raibh an tríú rás thart.

Thiomáin sí go mall i dtreo an Arc de Triomphe. Áirse stairiúil a bhí ann, a thóg Napoléon nuair a bhuaigh sé a lán cathanna. D'fhéach sí amach fuinneog a gluaisteáin. Bhí pálás Uachtarán na Fraince gar don áit seo freisin. Pálás an Elysée, b'in an ceann. Áit cháiliúil eile.

Bhí tábhacht éigin le háiteanna cáiliúla sa chluiche, dar le Síofra. Bhí Oisín in aice leis an London Eye nuair a rug na naimhde air. Bhí pointí le fáil ón Vortex nuair a d'fhreagair tú ceisteanna faoi áiteanna cáiliúla i Londain. B'fhéidir go raibh tábhacht de shórt eile le háiteanna cáiliúla i bPáras.

D'fhéach Síofra ar a mionscáileán arís agus chonaic sí ciorcal buí Evan ar an léarscáil. Bhí sé ag casadh isteach ar na Champs Elysées ó shráid eile. Bhí sé níos gaire don Arc de Triomphe ná mar a bhí sí féin.

Tiomáinfidh mé suas an cnoc go dtí an áirse, a dúirt sí léi féin. Casfaidh mé le hEvan ansin, seans. Feicfidh mé mo dheartháir istigh sa chluiche.

D'fhéach Síofra amach an fhuinneog arís. Bhí siopaí agus caiféanna ar gach taobh anois. Bhí daoine ag siúl isteach is amach as na siopaí agus daoine eile ina suí ag boird ar na cosáin. Deacair a chreidiúint, i ndáiríre, nach raibh iontu ach pictiúir *3D* istigh i spéaclaí an Vortex. An-deacair a fhios a bheith agat cad a bhí fíor is cad nach raibh.

Bhí an *Mini Cooper* ina stad ag soilse tráchta. D'fhéach Síofra ar ais ar an mionscáileán. Cá raibh Evan anois? An raibh sé ag an áirse fós? D'fhéach sí go géar ar an léarscáil ach ní fhaca sí aon chiorcal buí an uair seo.

An rud a chonaic Síofra ná ciorcal dubh.

Ní hea, ní raibh sé dubh ar fad. Bhí dath buí ar imeall an chiorcail, ach bhí an buí ag dul i léig agus an dubh ag teacht ina áit. Bhí an dath ar chiorcal Evan ag athrú.

Níor thug Evan dath a chiorcail faoi deara. Bhí sé róghnóthach ag féachaint ar an Arc de Triomphe, a bhí chomh mór le caisleán. Chuimhnigh Evan ar rud éigin a chonaic sé ar an teilifís ina thaobh. Sea, bhí an áirse chomh mór gur tiomáineadh eitleán tríd uair amháin.

Bhí sé gnóthach ag faire ar ghluaisteáin freisin. Bhí an áirse ar chnoc, agus bhí sráideanna móra ag síneadh amach uaithi, cosúil le spócaí rothar. Dhá shráid déag ar fad, agus gluaisteáin ag teacht is ag imeacht ar gach sráid. Bhí an áirse i lár an timpealláin ba mhó a chonaic Evan riamh.

Timpeall is timpeall a thiomáin sé féin. *Chrysler Crossfire* a bhí aige, a bhí breá cumhachtach. Ach bhí na gluaisteáin eile ag dul an-tapa. Bhí a lán díobh ann agus bhí sé deacair faire orthu go léir ag an am céanna. Thosaigh mearbhall ag teacht ar Evan ar an timpeallán. Beidh orm tiomáint go dtí an cosán in aice leis an áirse, a dúirt sé leis féin, agus sos beag a ghlacadh.

Bhí roinnt daoine istigh faoin áirse. Turasóirí, is dócha. Thosaigh Evan ag féachaint go géar ar dhuine de na turasóirí. Buachaill a bhí ann. Buachaill a bhí in éineacht le fear agus bean.

Ní raibh Evan in ann an buachaill a fheiceáil i gceart, ach chonaic sé go raibh geansaí bán air, agus bríste reatha gorm. Bhí sé beagán ramhar. Thosaigh Evan ag tiomáint timpeall ar an Arc de Triomphe arís go mall, chun radharc níos fearr a fháil air.

Oisín.

Bhí Evan cinnte de anois. Ba bheag nár scread sé a ainm os ard.

Thosaigh sé ag tiomáint suas ar an gcosán. Bhí sé ag druidim lena chara. Doras an *Chrysler* a oscailt, ní raibh le déanamh ach sin. Screadaíl amach ar Oisín. Éalú ó Nimh is ó Nathair.

Éalú go tapa. Éalú gan mhoill is bheidís slán.

Go tobann, shiúil duine éigin amach os comhair an *Chrysler*. Turasóir éigin. Sciorr an *Chrysler*. Bhrúigh Evan ar an gcoscán go tréan agus stop an gluaisteán aige.

D'fhéach sé ar ais i dtreo Oisín. Ach bhí a chara ag féachaint sa treo eile. Agus ní raibh a fhios ag Evan conas doras a ghluaisteáin a oscailt. Chuimhnigh sé go tobann nach raibh na rialacha sa saol bréige seo ar eolas aige.

Saol bréige a bhí cosúil leis an saol réalach. Ní hea, cosúil agus difriúil ag an am céanna.

Gunna.

Bhí gunna ag an mbean taobh le hOisín. Bhí Evan beagnach cinnte de. Chuir an bhean a lámh ina póca. Bhí rud éigin i bhfolach ina lámh.

Urchar. Pléasc. Torann grod, scanrúil.

D'fhéach Evan ar ais i dtreo Oisín. Bhí slua daoine faoin áirse agus ní raibh sé in ann a chara a fheiceáil. D'fhéach sé ar ais ar an mbean leis an ngunna. Chas sí a cloigeann go tobann agus d'fhéach sí sna súile ar Evan.

D'imigh Páras as radharc. Bhí an scáileán dubh. Chuala Evan guth ina chluasáin. Nathair a bhí ag caint leis.

'Fáilte arís!' ar sé. 'Tháinig sibh gar dúinn an uair sin. Róghar, b'fhéidir.'

Bhí mearbhall ar Evan. An raibh scáileáin Shíofra agus Rio dubh freisin? Nó an raibh siadsan fós i bPáras?

'Mar a dúramar libh cheana, táimid contúirteach,' arsa Nathair. Rinne sé gáire tanaí. 'Agus tá an cluiche ag éirí níos contúirtí de réir a chéile.'

D'athraigh an scáileán arís. Ní i gcarrchlós a bhí Evan an uair seo. Bhí greim aige ar a roth stiúrtha ach ní raibh sé i ngluaisteán. Chonaic sé uisce os a chomhair. Bhí comhartha sráide in aice leis. Léigh Evan na focail ar an gcomhartha.

Autostazione. *Vaporetto*. Canal Grande.

Iodáilis. Canáil mhór a bhí os a chomhair. Nuair a d'fhéach sé ina thimpeall arís, chonaic Evan canálacha beaga ag ceangal leis an gcanáil mhór.

Bhí sé sa Veinéis, cathair na gcanálacha.

Venezia, cathair gan sráideanna. Cathair gan ghluaisteáin.

7

'Ciorcal dubh, ciallaíonn sé go bhfuilimid…'

'Beimid in ann labhairt lena chéile istigh sa chluiche, d'you get it…?'

'Fuair tú buille leictreach, mar a tharla domsa…'

Bhí Síofra, Rio agus Evan amuigh sa ghairdín. Bhí liathróid peile ag Rio, agus bhí sé á preabadh ó chos go chéile. Anois is arís, chiceáil sé an liathróid go dtí Síofra. Ach ní raibh siad ag imirt i ndáiríre. Bhí siad róghnóthach ag caint. Ag caint is ag argóint faoin Vortex.

'Éistigí liomsa dhá nóiméad!'

'Never mind gach rud eile, má oibríonn sé seo…'

Bhí Evan ina shuí ar luascán i lár an ghairdín. Léim sé ina sheasamh go tobann agus rug sé ar an liathróid.

'Nílimid ag éisteacht lena chéile,' ar sé. 'Duine amháin ag labhairt ag an am céanna. Ansin is féidir linn plean a cheapadh.'

Rinne Rio iarracht an liathróid a bhaint de ach chaith Evan isteach doras an gharáiste í.

'An chéad cheist, measaim,' arsa Evan, 'ná cad a chiallaíonn an ciorcal dubh seo a chonaic Síofra. Inis dúinn arís cad a tharla?'

'An rud a tharla,' arsa Síofra, 'ná gur athraigh an dath ar chiorcal Evan, nuair a bhí a ghluaisteán in aice leis an Arc de Triomphe. Bhí dath buí ar a chiorcal go dtí sin, ach tháinig dath dubh air. Agus bhí Oisín agus na naimhde ag an áirse ag an am céanna.'

'So ciorcal dubh means go bhfuilimid in aice le hOisín?' arsa Rio.

'Sin é é go díreach,' arsa Síofra. 'Measaim gur leid atá ann, leid an-tábhachtach.'

Rinne Evan miongháire lena dheirfiúr. Ní raibh éad air léi an uair seo. Bhí an cluiche níos tábhachtaí ná argóintí beaga amaideacha.

'Beidh orainn faire ar an mionscáileán an t-am ar fad,' ar sé. 'Agus a thúisce a fheicfimid ciorcal dubh...'

'To the rescue an soicind céanna sin,' arsa Rio. 'Agus lucky enough, measaim go mbeimid in ann labhairt lena chéile istigh sa chluiche freisin.'

'Cabhróidh sin go mór linn,' arsa Síofra.

Thosaigh an triúr acu ag siúl síos an gairdín. Bhí an tráthnóna ag éirí dorcha. Ach ní raibh cead acu fanacht sa seomra codlata. Chuir máthair Shíofra agus Evan cosc orthu imirt ar an Vortex arís an tráthnóna sin. Ní raibh sé go maith dá súile, a dúirt sí leo.

'An rud a tharla,' arsa Rio, 'ná go bhfuair mé buille i mo lámh nuair a thug mé sonc do ghluaisteán eile. Whack uafásach it was. Bhí orm stopadh ag tiomáint, bhí sé chomh dona…

'Cosúil leis an mbuille leictreach a fuair mise an chéad uair,' arsa Evan. 'Ach n'fheadar conas a tharlaíonn sé…'

'Exactly an cheist a chuir mise,' arsa Rio. 'So scrúdaigh mé an roth stiúrtha. Agus d'fhoghlaim mé rud nó dhó nua as a result.'

Bhí an triúr ina seasamh faoi chrann mór ag bun

an ghairdín. D'fhéach siad ar a chéile agus ansin thosaigh siad ag dreapadh in airde. Bheidís ar a suaimhneas thuas sa chrann, gan aon duine ag cur isteach orthu.

'Tá a lán features ar an roth stiúrtha,' arsa Rio ar ball. 'Sórt cnapáin things, mar shampla, a thugann buille leictreach duit in certain circumstances. Agus ansin ar chúl an rotha, guess what? Bhrúigh mé síos ar phainéal beag agus bingo, d'oscail an painéal agus thit rud cosúil le fón póca amach.

'Iontach!' arsa Evan. 'Beimid ar muin na muice más féidir linn labhairt lena chéile istigh sa chluiche.'

Bhí Evan ina shuí ar ghéag leathan, a chosa crochta san aer aige. Bhí an teach dorcha, seachas solas amháin a bhí ar lasadh. Amuigh anseo sa ghairdín, d'airigh sé go raibh sé i bhfad ón teach. D'airigh sé go raibh sé i bhfad ón ngnáthshaol. Bhí sé istigh i saol eile lena chairde, díreach mar a bhí sa Vortex.

'Not only labhairt lena chéile, I hope,' arsa Rio, 'ach siúl timpeall freisin. Nuair a chuireann tú ort na spéaclaí, agus an fón thing seo i do lámh, is féidir leat dul amach as do ghluaisteán agus siúl timpeall ar Pháras nó wherever. Úsáideann tú na controls ar an bhfón chun dul pé treo is maith leat.' Rinne sé gáire. 'Freedom at last!'

'An-áisiúil ar fad,' arsa Evan. 'Maith thú féin. Beimid in ann dul ar bháid sa Veinéis, mar shampla...'

'An rud nach dtuigimse,' arsa Síofra go tobann, 'ná cén fáth ar léim an cluiche ó Pháras go dtí an Veinéis? An dtuigeann sibh cad atá á rá agam? Ní raibh na pointí go léir ag Rio mar gur stop sé ag tiomáint sna rásaí. Ach tháinig deireadh tobann leis an leibhéal mar sin féin.

'Fíor duit,' arsa Evan. 'Léim an cluiche ó leibhéal amháin go leibhéal eile nuair a chonaic mé Oisín agus. . . ' Stop sé agus rinne sé a mhachnamh. 'Ní hea, tá dul amú orm. Measaim gur léim an cluiche nuair a chonaic na naimhde mise. Nuair a d'fhéach Nimh sna súile orm.'

'Ach mar sin...' arsa Rio. Stop sé féin agus rinne sé a mhachnamh.

'Mar sin caithfimid a bheith an-chúramach,' a dúirt sé ar ball. Ní raibh aon gháire ina ghuth, mar a bhíodh de ghnáth. 'Because anytime a fheicfidh Nimh nó Nathair sinn, sin seans eile caillte againn Oisín a thabhairt abhaile.'

'Caithfimid a bheith cúramach ar aon nós,' arsa Síofra go mall. 'Fuair tusa buille nimhneach i bPáras. Nuair a bhíomar i Londain, d'imigh gluaisteán Evan ó smacht. Tharla na rudaí sin mar tá an Vortex cosúil leis an saol seo. Níl sé cosúil le cluiche, dáiríre.'

'Too right,' arsa Rio. 'Níl sé pioc.'

'Agus tá gunnaí sa Vortex freisin,' arsa Síofra. Chuala an bheirt eile a guth sa dorchadas. 'Níl a fhios againn cén fáth ar úsáid Nimh gunna ag an áirse. Cad atá ag tarlú d'Oisín? Cén fáth ar fhuadaigh na naimhde é ar aon nós?'

Níor thug aon duine freagra uirthi. D'éist siad le tost an tráthnóna sa ghairdín dorcha.

'Tá seift agam,' arsa Evan ar deireadh. 'Caithfimid dul ar ais ar an Vortex anocht. Ní féidir linn fanacht go dtí amárach.'

'Ach dúirt Mam nach raibh cead againn,' arsa Síofra. 'Beidh sí ag faire orainn má théimid ar ais go dtí do sheomra codlata.'

'An rud a dhéanfaimid,' arsa Evan, 'ná tosú ar chluiche *Monopoly*. Cluiche breá fada. Is féidir linn argóint agus troid faoi thíos staighre, nuair a bheidh Mam agus Daid ag féachaint ar an teilifís. Ansin déarfaidh siad linn an *Monopoly* a thógáil suas an staighre...'

'Plus má dhéanaimse sleepover anseo,' arsa Rio, 'is féidir linn dul ar an Vortex i lár na hoíche, nuair a bheidh do mham is do dhaid ina gcodladh.'

Dhreap siad síos as an gcrann agus shiúil siad go dtí an teach. Bhí máthair Evan agus Shíofra sa seomra suí. D'fhéach sí ar a huaireadóir nuair a tháinig siad isteach.

'Tháinig glaoch fóin daoibh ar a hocht a chlog nó mar sin. Athair bhur gcara Oisín a bhí ann.'

D'fhéach an triúr ar a chéile go tapa. Ach ní dúirt aon duine focal.

'Tá a athair buartha mar nach raibh sé ag caint

le hOisín inniu. Labhraíonn sé le hOisín i gcónaí ar an Satharn, a dúirt sé, ach níor fhreagair Oisín a fhón inniu.'

D'fhéach a mháthair sna súile ar Evan. 'Bhí Oisín anseo tráthnóna inné, nach raibh? Tá súil agam nach bhfuil sé i dtrioblóid éigin, agus gan é ag caint lena athair dá bharr?'

8

Lár na hoíche.

Lár na hoíche sa bhaile, i seomra codlata Evan. Agus lár na hoíche sa Veinéis freisin.

Uisce dubh, doimhin sna canálacha. Cosáin is lánaí cúnga taobh leo, agus ainmneacha mistéireacha orthu. Sotoportego, pasáiste faoi fhoirgneamh. Calletta, sráid chúng taobh le canáil. Rio téra, sráid san áit a raibh canáil bheag fadó.

Rio an focal ar chanáil, agus bhí an Veinéis lán díobh. Home sweet home, a dúirt Rio nuair a thuig sé an méid sin. Ach ní raibh am aige anois gáire ná magadh a dhéanamh.

Roimh am luí, chaith sé féin is Evan dhá uair an chloig ar an Vortex. Bhí luasbhád ag Evan, *Maxum 2100 SC.* Bád bán le stríoca dearg air a bhí ann, é gasta agus cumhachtach. Bhí gondala ag Rio, seanbhád dubh den sórt a bhí sa Veinéis le míle bliain. Ach bhí inneall láidir ar an ngondala seo, agus ghluais sé go gasta timpeall ar an gcathair.

Chuaigh an bheirt acu suas síos na canálacha, ag faire amach do na naimhde. Bhí siad ag bailiú pointí ag an am céanna. An dúshlán sa Veinéis ná trialacha ama, nó time trials mar a thug Rio orthu. Dul ó áit amháin go háit eile i mbád, gan agat ach cúig, deich nó fiche nóiméad don turas. Féachaint ar an léarscáil ar an mionscáileán, agus an bealach is tapúla a fháil thart ar na canálacha. Faoi dhroichid is timpeall cúinní, taobh le séipéil is le páláis, anonn is anall sa chathair.

Mór an spórt, mar a dúirt Evan, ach go raibh siad róbhuartha chun spórt ar bith a dhéanamh. Bhí na céadta canálacha sa Veinéis. Cosúil le massive maze, mar a dúirt Rio. Cosúil le cathair ghríobháin, arsa Evan.

Bhí Síofra ag tabhairt aire don chluiche *Monopoly* ag an am céanna. Chuir sí tithe bréige anseo is ansiúd ar an gclár, agus d'fhág sí airgead *Monopoly* ar an urlár in aice láimhe. Choimeád sí cluas le héisteacht ag an doras. Nuair a chuala sí a máthair ar an staighre, thug sí sonc don bheirt eile. Bhain siad spéaclaí an Vortex go tapa agus lig siad orthu go raibh siad go léir ag imirt *Monopoly*.

Faoi dheireadh, chuaigh an triúr acu ina luí ar a haon déag a chlog istoíche. Ní raibh na naimhde feicthe in aon áit ag Rio ná ag Evan. Ní raibh aon athrú tagtha ar a gciorcail féin. Roimh dhul a chodladh, chuir Evan an fón póca faoin bpiliúr. Ar a dó a chlog ar maidin, chuala sé an clog aláraim ar an bhfón ag preabadh. Dhúisigh sé Rio agus Síofra. D'éirigh siad go tostach agus thosaigh an triúr acu ar an Vortex.

Bhí seomra codlata Evan ciúin i lár na hoíche, ach ní raibh gach sráid agus canáil sa Veinéis ciúin. Istigh sa Vortex, bhí féile cháiliúil na Veinéise, an Carnevale, ar siúl anois. Bhí slua daoine ag teacht is ag imeacht ó chóisirí. Iad ag spraoi is ag damhsa. Mascanna ar gach aon duine, díreach mar a bhíodh le linn fhéile an Carnevale leis na céadta bliain.

Bhí an Carnevale i bhfad níos fearr ná Oíche Shamhna. Bhí mascanna ar dhaoine fásta agus iad ag siopadóireacht. Bhí mascanna ar dhaoine ar bháid, ar na sráideanna agus ag cóisirí. Mascanna bána, mascanna daite, mascanna dubha. Ní raibh a fhios ag aon duine cé a bhí in aice leo.

Bhí mascanna ar Evan, ar Shíofra agus ar Rio freisin. Istigh sa chluiche a fuair siad iad. Bhí siad in ann a gcuid pointí a úsáid chun rudaí a cheannach, b'in a fuair Evan amach níos luaithe. Ní raibh aon mhasc ar an triúr sa seomra codlata dorcha. Ach istigh sna spéaclaí, bhí siad ag féachaint ar an Veinéis trí mhascanna.

Bhí siad ag faire amach do na naimhde. Agus bhí dóchas acu anois nach mbeadh Nimh ná Nathair in ann iad féin a fheiceáil.

Bhí Rio ag taisteal ar *vaporetto*, bád mór atá mar bhus sa Veinéis. Bhí sé ag dul suas síos an Canal Grande, an mhórchanáil atá mar phríomhshráid sa chathair. Bhí an gondala ag Síofra an uair seo, agus bhí sise ag bailiú pointí gar don Piazza San Marco. Bhí an *Maxum* ag Evan arís, cé go raibh Rio ag gearán gur mhaith leis triail a bhaint as an luasbhád.

Ná bac sin anois, a d'fhreagair Evan. Tá deifir orainn, deifir an domhain.

Chuaigh Evan timpeall ar chósta oileán na Veinéise agus ansin amach ar an bhfarraige sa dorchadas. Shroich sé oileán beag eile, Murano, áit a ndéantar earraí gloine do thurasóirí na Veinéise. Bhí sé ag teach solais taobh leis an oileán nuair a chuala sé a dheirfiúr ag caint leis ar an bhfón Vortex.

Tá do chiorcal ag éirí dubh, arsa Síofra leis.

D'fhéach Evan ina thimpeall, ag iarraidh Oisín agus na naimhde a fheiceáil. B'fhéidir go raibh mascanna orthu, mar a bhí air féin. Chonaic sé dhá luasbhád eile gar dó. *Quicksilver 550 Commander* agus *Beneteau Ombrine 630* a bhí iontu. Ach ní raibh ach duine amháin ar gach bád díobh.

Go tobann, ghluais bád eile thairis go mall. *Bayliner 195 Capri Sport.* Bád bán, le stríocaí dúghorma air. Agus triúr ar bord.

Bhí mascanna agus clócaí dubha orthu, ach chonaic Evan go raibh bríste reatha gorm ar dhuine acu. Bhí a chuid gruaige gearr, mar a bhí gruaig Oisín. Bhí duine eile ina shuí in aice leis, duine maol. Agus bhí an tríú duine ina seasamh, gruaig fhada fhionn ag séideadh amach roimpi.

Oisín, Nathair agus Nimh. Bhí Evan cinnte de. Bhí an buachaill ag féachaint síos ar an uisce. Bhí a lámh crochta ar thaobh an bháid, a mhéara san uisce nach mór.

Ní fada go mbeidh tú sa bhaile, a dúirt Evan go ciúin.

Ghluais an *Bayliner* amach ar an uisce. Lean Evan é go cúramach sa *Maxum*. Bhí ag géarú ar luas an *Bayliner* de réir a chéile. Seo linn, arsa Evan agus é ag stiúradh an *Maxum* ar an bhfarraige dhorcha. Chuala sé Síofra ina chluas, ag insint dó go raibh a chiorcal fós dubh.

Splais! Steallóga uisce san aer. Tonnta ag éirí is ag titim san fharraige.

Bhí an *Bayliner* ag dul ar luas na gaoithe anois. Bhí oileán na Veinéise le feiceáil, na foirgnimh ársa ina scáileanna sa spéir.

Go tobann, chas an *Bayliner* ar chlé. Ghearr sé an t-uisce mar a dhéanfadh siosúr. D'fhan Evan tamaillín agus ansin chas sé an *Maxum* ar chlé freisin.

Go seoigh agus go seolta, ar sé leis féin. Luas lasrach faoin *Maxum*. Mire mearaí.

Bhí siad ag druidim leis an Veinéis anois. Ceart go leor, arsa Evan leis féin. Má leanaim an *Bayliner*, feicfidh na naimhde mé luath nó mall. Tá sé in am agam dallamullóg a chur orthu.

D'fhéach sé ar an léarscáil in aice lena roth stiúrtha. Bhí dhá nó trí chanáil ón bhfarraige ag gearradh isteach sa chathair. Bhí an *Bayliner* ag díriú ar an gcanáil os a gcomhair. Chas sé féin an *Maxum* ar dheis. Seo linn sa seans, ar sé go ciúin. Seo linn isteach sa chathair ghríobháin.

Labhair sé go tapa le Síofra is le Rio ar an bhfón Vortex. Dúirt sé leo cá raibh na naimhde ag dul. Téigí go dtí an chanáil chéanna, a dúirt sé leo. Táimse ag dul ar chanáil eile. Ach casfaimid lena chéile go luath.

D'imigh an *Bayliner* as radharc. Stiúraigh Evan an *Maxum* le hais chósta na Veinéise. Shroich sé canáil eile a ghearr isteach sa chathair. Chas sé a bhád isteach sa chanáil. Chuala sé ceol ag teacht ó chóisir éigin. Chonaic sé daoine le mascanna ag siúl ar na cosáin.

Go tobann, thosaigh sé féin ag canadh go ciúin. Bhí a chroí ag preabadh mar a bheadh féileacán ar bhláth. Sea, níorbh fhada go mbeadh Oisín sa bhaile. Slán, sábháilte sa bhaile. Iad go léir ag gáire faoin scéal i gceann cúpla lá.

Shleamhnaigh an *Maxum* ar an uisce idir na foirgnimh arda dhorcha. Tháinig dath buí ar chiorcal Evan. Ach ní raibh sé buartha. Tar éis tamaill, chuala sé Síofra ag caint leis arís. Bhí an *Bayliner* ag teacht i dtreo an ghondala, a bhí i bhfolach faoi dhroichead beag. Bhí Rio ar an ngondala freisin. Ní fheicfeadh na naimhde iad faoin droichead.

Chas an triúr lena chéile gar don Ponte di Rialto, droichead leathan maorga ar an gCanáil Mhór. Bhí siopaí ann agus cosáin ar gach taobh díobh. Bhí slua daoine óga ag canadh is ag spraoi ar an droichead. Bhí báid eile ar an gCanal Grande.

Togha, a dúirt Evan leis féin. Díreach mar ba mhaith linn.

D'fhág Síofra agus Rio an gondala agus shiúil

siad go dtí an droichead. D'fhan Evan ar an *Maxum.* Bhí plean ag an triúr acu anois.

Chonaic siad Nimh ina seasamh ar an *mBayliner.* Bhí sí ag féachaint thart uirthi go mífhoighneach. Bhí sí ag fanacht le duine éigin, ba chosúil.

Anois is arís, dúirt sí rud éigin le Nathair. Bhí cluiche cártaí á imirt aige siúd le hOisín. Iad cosúil le teaghlach. Daid is a mhac ag imirt chártaí le linn an Carnevale.

Splais! Steallóga uisce ar an gcanáil. Pléasc thobann a réab aer na hoíche.

Stop an slua óg ar an droichead ag canadh is ag gáire. Rith siad síos céimeanna an droichid. Chuala siad pléascanna eile ar an uisce.

Bhí an fón Vortex ina lámh ag Síofra. An fón a d'oibrigh mar ghunna freisin. Bhí sí cromtha ag balla an droichid, agus urchair á scaoileadh aici leis an uisce. Bhí Rio cromtha mar an gcéanna, ar an taobh thall den droichead. Nuair a stop Síofra ag scaoileadh urchar, thosaigh seisean an athuair.

Torann agus clampar. Daoine trí chéile, gan a

fhios acu cad a bhí ag tarlú. Nimh, Nathair agus Oisín ag féachaint timpeall orthu. Mearbhall agus iontas ar gach aon duine.

Evan ar an gcé, in aice leis an *mBayliner*. Caifé ar an gcé, le boird agus cathaoireacha amuigh faoin aer. Evan i bhfolach faoi bhord taobh leis an gCanal Grande.

Scaoil sé urchair ón ngunna Vortex. Chuir sé poll sa *Bayliner*.

Léim Nathair amach as an mbád. Chiceáil Evan cathaoir amach ón gcé. Thit an chathaoir ar an *mBayliner* agus scoilt sí fuinneog an chábáin. Rith Nimh go dtí an cábán. Chonaic Evan an cobra ag sleamhnú amach fuinneog an chábáin.

Torann agus clampar ar gach taobh. Daoine ag rith agus mascanna orthu. Ní raibh a fhios ag aon duine cé a bhí in aice leo.

Evan ar bord an *Bayliner*. Greim aige ar Oisín. An bríste reatha gorm le feiceáil faoin gclóca dubh. Evan ag iarraidh ar Oisín rith. Rith go tapa. Rith go dtí an *Maxum*.

Síofra agus Rio ar bord an *Maxum*. Iad réidh don éalú, ag fanacht le hEvan is le hOisín.

Dhá shoicind, b'in a raibh ag teastáil. Dhá shoicind agus bheidís ar a slí abhaile.

Ach níor rith Oisín. D'fhan sé mar a bhí. D'fhan sé ina staic ar an mbád. Ní dúirt sé tada agus níor rith sé.

Tharraing Evan ar lámh a chara. Tharraing duine eile ar Evan. Nimh. Bhí masc Evan ina lámh ag Nimh.

Bhí a súile fuara ag féachaint air, a gruaig fhada fhionn ag séideadh roimpi. Bhí a gunna dírithe ar Evan. Bhí an cobra ar urlár an bháid in aice léi.

Tháinig deireadh tobann le Leibhéal a Trí.

Réaltaí na spéire go hard os a gcionn. Evan, Síofra agus Rio beag, bídeach, dar leo, agus iad ag féachaint in airde. Na mílte réaltaí ag glioscarnach i bhfad uathu.

Ach ní lár na hoíche a bhí ann níos mó. Tráthnóna Dé Domhnaigh a bhí ann agus bhí an triúr istigh i seomra Evan. Bhí spéir os a gcionn ceart go leor, ach spéir bhréige a bhí ann.

Bhí maidin Dé Luain ag druidim leo anois. Bhí cúpla glaoch fóin eile tagtha ó athair is ó mháthair Oisín. Bhí ar Evan scéalta is bréaga éagsúla a insint dóibh. Go raibh Oisín i dteach a dhaid, go raibh sé i dteach a mham, go raibh sé amuigh ag siúl sna sléibhte le Rio is a thuismitheoirí.

Bhí spéaclaí an Vortex ar an triúr agus iad ag féachaint ar an spéir bhréige. Bhí siad i Nua-Eabhrac, ag Leibhéal a Ceathair den chluiche. Bhí siad i halla ollmhór i stáisiún traenach. Grand Central Station in Manhattan, ceann de na stáisiúin is mó ar domhan. An príomh-halla ann níos mó ná Páirc an Chrócaigh. Thuas in airde os a gcionn, bhí na mílte réaltaí péinteáilte ar an tsíleáil.

Thaispeáin na mionscáileáin trí chiorcal dhubha. Ciorcal dubh an duine ag Evan, ag Rio agus ag Síofra. Bhí a gcara Oisín áit éigin sa stáisiún freisin. Bhí Nimh agus Nathair in éineacht leis, gan amhras.

Bhí plean ag Evan. Labhair sé lena uncail Zak ar an bhfón ag am lóin. D'inis sé an scéal ar fad dó. Aisteach agus uafásach, arsa Zak. Ach iontach ag an am céanna, a dúirt sé tar éis tamaill.

D'inis Zak d'Evan go raibh an Vortex ag obair go breá i Chongqing, nuair a thug a chara an cluiche dó ar dtús. Ach chaith sé cúpla lá i Hawaii ar a shlí abhaile agus bhuail stoirm leictreach an teach ósta ina raibh sé. Seans gur tharla rud éigin aisteach don Vortex sa stoirm. Smaoinigh ar an leictreachas, ar sé le hEvan.

Smaoinigh Evan go cúramach ar an leictreachas. Ach nuair a d'inis sé a phlean don bheirt eile, thosaigh Síofra ag argóint leis faoi.

'Cur amú ama,' ar sí lena deartháir.

'Ní cur amú ama é,' arsa Evan léi. 'Agus ar aon nós, níl aon rogha againn.'

'Tá rogha againn,' arsa Síofra. Bhí sí cantalach mar nár chodail sí go maith. Trí huaire an chloig san iomlán a chaith siad sa Veinéis i lár na hoíche.

'An rogha atá againn,' arsa Síofra ansin, 'ná gan tada a dhéanamh.'

'Ní thuigim tú, olc ná maith,' arsa Evan. 'Conas is féidir linn gan tada a dhéanamh? An gceapann tú gur cheart dúinn slán a fhágáil le hOisín go deo...?'

'Seans go bhfuil Oisín sásta,' arsa Síofra go ciúin.

'Sásta? Conas sásta? Tá tú as do mheabhair má cheapann tú...?'

'Smaoinigh air,' arsa Síofra. 'Seans nár rith Oisín sa Veinéis mar nár theastaigh uaidh rith.'

'Cén fáth, in ainm Chroim?' Bhí guth Evan ag ardú, agus na focail ag preabadh ina phluc. 'Cinnte theastaigh uaidh rith. Ní raibh sé in ann rith ach tá plean nua agam anois, agus measaim…'

'Measaimse,' arsa Síofra, 'nár rith sé mar go bhfuil sé sásta lena shaol nua. Níos sásta ná mar a bhí lena shaol anseo, ar aon nós.'

Bhí tost iomlán sa seomra nuair a dúirt Síofra an méid sin. Bhí a guth ciúin fós nuair a labhair sí arís.

'Smaoinigh air nóiméad,' ar sí. 'Istigh sa Vortex, níl a thuismitheoirí ag troid lena chéile de shíor. Níl Oisín ag dul ó theach go teach, ag caint le tuismitheoirí nach bhfuil fiú ag caint lena chéile. Is féidir leis a bheith sona…'

'Happy ever after atá i gceist agat,' arsa Rio. Bhí sé ina luí ar leaba champála, cos amháin sínte amach as mála codlata aige. 'Just cosúil leis an Oisín eile.'

'Cé acu Oisín eile?' a d'fhiafraigh Evan. 'Ní thuigim focal…'

'Cé acu Oisín eile do you think?' arsa Rio. Bhí a shúile dúnta fós aige. 'That Oisín fadó a chuaigh go Tír na nÓg, gan amhras. Same old scéal, only difriúil.'

'Caithfidh sé teacht ar ais,' arsa Evan. Bhí seisean gléasta, agus a leaba cóirithe go néata aige. Ach ní raibh smacht iomlán aige ar na focail a tháinig as a bhéal.

'Nach cuimhin libh?' ar sé. 'Nach cuimhin libh gur chuala mé scread nuair a d'imigh Oisín? Scread fhada bhrónach i mo chluasa?'

'Maybe it wasn't a scread in aon chor,' arsa Rio, 'ach sound effect de shórt éigin. I mean, níl a fhios agam, níl a fhios ag aon duine againn...'

'Caithfidh sé teacht ar ais,' arsa Evan arís. 'D'inis mé bréaga dá dhaid is dá mham faoi. Tá siad buartha faoina mac agus tá siad ag iarraidh é a fheiceáil.'

Thit guth Evan go dtí go raibh sé ag cogarnaíl, nach mór.

'Agus ar aon nós... Is cara linn é. Cara mór.'

Ní dúirt aon duine focal ar feadh tamaill ansin. D'éirigh siad agus d'ith siad bricfeasta go ciúin. Bhí cluiche peile ag Rio ag meán lae, agus bhí ar Evan agus Síofra dul amach ag siúl lena dtuismitheoirí. Ar a trí a chlog, tháinig Rio ar ais agus dúirt an triúr acu go raibh obair bhaile le déanamh acu. Chuaigh siad suas an staighre go tostach agus thosaigh siad ar an Vortex uair amháin eile.

Manhattan i Nua-Eabhrac. An seans deireanach, dar leo, Oisín a thabhairt slán.

Evan, Síofra agus Rio beag bídeach agus iad ag féachaint in airde ar an gcathair. Foirgnimh mhóra Manhattan cosúil le fathaigh ina dtimpeall. Na mílte fuinneog ag síneadh chun na spéire. Barr an Empire State i bhfad i bhfad uathu. Barr an Empire State ag luascadh. Bolg gach aon duine ag luascadh ag féachaint in airde air.

I ngluaisteáin a chuaigh siad thart ar Nua-Eabhrac ar dtús. Gluaisteáin den scoth. *McClaren Mercedes SLR* ag Evan, *Ferrari 360 Modena* ag Rio agus *Lamborghini Gallardo* ag Síofra. Spórtcharranna snasta, slíochta. Ach ní raibh am acu spraoi ná spórt a bhaint astu.

Thosaigh Síofra ag bailiú pointí láithreach. An dúshlán i Nua-Eabhrac ná fuinneoga. Cé mhéad fuinneog a bhí sna foirgnimh cháiliúla. An Empire State agus an Flatiron, mar shampla, an Trump World Tower agus an Waldorf Astoria. Tithe spéire iontacha, na mílte fuinneog i ngach ceann díobh.

Thiomáin Evan agus Rio thart ar na sráideanna ag an am céanna. Times Square agus Central Park, Alphabet City agus Brooklyn Bridge. Fifth Avenue, Sixth Avenue, Seventh Avenue. Bhí cuid de na hainmneacha ar eolas acu ó chláir teilifíse. Bhí ainmneacha eile ar eolas acu ó scannáin is ó chluichí *Spiderman*. Thiomáin siad anonn is anall faoi dheifir. Leideanna nua á lorg acu arís eile.

Bhí Síofra ag obair ar an Chrysler Building nuair a fuair sí glaoch ón mbeirt eile. Breis is trí mhíle ocht gcéad fuinneog, a dúirt siad leo. Ná bac sin anois, a dúirt Evan. Táimid thíos an bóthar uait, ag Grand Central Station. Agus tá dath dubh ar na ciorcail againne.

Bhí Oisín áit éigin sa stáisiún. Bhí Nimh agus Nathair ann. Bhí Evan, Rio agus Síofra ag faire thart orthu go géar. Ní raibh mascanna orthu an uair seo. Ach ní fheicfeadh Nimh ná Nathair iad, dar leo.

Bhí spéaclaí gréine ar Rio agus cochall a gheansaí ar a cheann. Bhí sé cosúil leis na céadta leaid óg eile i lár chathair Nua-Eabhrac, fón póca ina lámh agus clár scátála faoina chosa. Bhí sé ina sheasamh in aice leis an gclog cáiliúil i lár halla an stáisiúin. Anois is arís, labhair sé le hEvan is le Síofra ar an bhfón.

Bhí Evan in aice le príomhdhoras an stáisiúin. Bhí balaclava air, mar aon le scaif mór agus seaicéad trom. Bhí mála sléibhteoireachta ar a dhroim. Bhí sé ar a shlí abhaile, cheapfá, ó thuras go sléibhte na Rockies nó Appalachia. Níor thug aon duine an dara féachaint air. Bhí daoine de gach sórt i Nua-Eabhrac agus éadaí de gach sórt orthu.

Níor thug aon duine aird ar Shíofra ach oiread. Bhí caille den stíl Mhuslamach uirthi. Ní raibh le feiceáil ach a súile. Bhí sí cosúil leis na mílte cailíní eile i Nua-Eabhrac. Bhí sí ina seasamh ar bhalcóin os cionn halla an stáisiúin, ag féachaint síos ar na sluaite.

Istigh sa chluiche a fuair siad na héadaí. Thuig siad anois conas a gcuid pointí a úsáid go maith.

Thuig siad freisin conas siúl isteach sna siopaí agus earraí a cheannach. Bhí an saol ar fad istigh sa chluiche, nuair a thuig tú conas é a imirt.

10

Bhí Síofra fós ar an mbalcóin.

Bhí duine ina luí ar an staighre faoin mbalcóin. Duine a thosaigh ag screadaíl cúpla nóiméad roimhe sin. Scread sé gur bhain nathair greim as, cobra buí a léim amach air go tobann. Thaispeáin sé marc dearg ar a lámh agus ansin stop sé ag screadaíl mar nach raibh sé in ann análú i gceart.

Bhí daoine eile ag rith anonn is anall. Daoine eile ag screadaíl. Slua ar an staighre agus slua ag rith ón staighre.

Chonaic Síofra triúr le chéile. Bhí siad ar an staighre. Ní raibh siad ag rith, ach bhí siad ag siúl go tapa ón áit a raibh an duine ina luí. Bean le gruaig fhada órga. Fear maol, agus mála ina lámh aige. Buachaill plucach, geansaí bán air agus bríste reatha gorm.

Bean, fear agus buachaill. Mam, Daid agus páiste, b'fhéidir. Turasóirí, b'fhéidir, ar a laethanta saoire i Nua-Eabhrac.

Thuig Síofra an scéal ar fad go tobann. Cén fáth ar fuadaíodh Oisín. Cén fáth ar theastaigh ó Nimh agus Nathair buachaill óg a thabhairt leo ó chathair go cathair.

Londain, Páras, an Veinéis, Nua-Eabhrac. Bhí obair ar siúl ag na naimhde i ngach cathair. Mharaigh siad duine amháin le hurchar gunna ag an Arc de Triomphe i bPáras. Bhain an cobra greim as duine eile anseo ag Grand Central Station i Nua-Eabhrac. Nuair a bhí Nimh ina seasamh ar an mbád ag an droichead i Rialto sa Veinéis, bhí sí ag fanacht le duine éigin. Duine le marú.

An obair a rinne na naimhde ná feallmharú. Feallmharfóirí a bhí iontu. Hit squad, mar a déarfadh Rio. Ní raibh a fhios ag Síofra cé a mharaigh siad ná cén fáth. Mangairí drugaí nó spiairí, b'fhéidir. Ach thuig sí cén fáth ar mharaigh siad daoine ar láithreacha cáiliúla. Áiteanna a raibh slua turasóirí de ghnáth. Áiteanna nach raibh na póilíní ag faire orthu.

Bean, fear agus buachaill. Mam, Daid agus a mac Oisín, ar a laethanta saoire. B'in a chonaic na póilíní. Ní fhaca siad Nimh agus Nathair. Ní fhaca siad feallmharfóirí.

Bhí póilíní sa stáisiún traenach anois. Póilíní an *NYPD,* an *New York Police Department.* Póilíní ag rith go dtí an staighre maorga a raibh duine ina luí air. Ní raibh an duine marbh ach bhí sé go dona tinn. Bhí póilíní ag an bpríomhdhoras freisin, ag iarraidh stop a chur le daoine imeacht as an stáisiún.

Ach níor stop na póilíní an triúr a bhí ag siúl go tapa go dtí taobhdhoras gar don Grand Central Market. Ní fhaca na póilíní Nimh, Nathair ná Oisín.

Ach chonaic Rio agus Evan iad. D'inis Síofra dóibh ar an bhfón cá raibh na naimhde. Bhí Síofra fós ar an mbalcóin, ag faire go géar ar na naimhde. Ní raibh sí in ann rith sna héadaí a bhí uirthi. Ach bhí Rio gar don taobhdhoras anois. Bhí sé ag gluaiseacht go gasta ar a chlár scátála.

Gluaisrothair. B'in an plean a bhí ag na naimhde.

Bhí dhá ghluaisrothar ag an taobhdhoras. Níor thuig Rio conas a tugadh go dtí an stáisiún traenach iad, ach bhí ceann ann do Nimh is Oisín agus ceann eile do Nathair. Ní fhaca sé na hainmneacha i gceart. *Aprilla* rud éigin agus *Yamaha* éigin.

Nóiméad amháin eile agus bheadh Nimh, Nathair is Oisín ar na gluaisrothair. Iad ag éalú trí shráideanna Nua-Eabhrac. Oisín fágtha istigh sa Vortex.

Oisín sona, sásta, b'fhéidir, lena shaol nua istigh sa chluiche. Nó eagla is brón an domhain air toisc nach bhfeicfeadh sé a chairde ná a thuismitheoirí go deo.

Ní raibh Nathair ar a ghluaisrothar níos mó. Bhí Nathair ar an talamh, agus a mhála in aice leis. Leag Rio go talamh é. Chonaic sé an cobra ag sleamhnú as an mála. Chonaic sé na póilíní ag teacht le gunnaí. Chuala sé an phléasc nuair a scaoil siad urchar leis an gcobra.

Bhí gluaisrothar ag Rio anois. *Aprilla Mille Factory,* b'in a bhí ann. D'fhág sé a chlár scátála ar an talamh agus léim sé ar an ngluaisrothar. Bhí Nimh is Oisín ar an *Yamaha YBR* cheana féin.

Bhí póilíní ag cúl an stáisiúin. Chas Nimh an

gluaisrothar go tobann agus thiomáin sí de ruathar ar ais tríd an taobhdhoras. Chas Rio go tobann freisin ach ní raibh sé in ann stop a chur léi. Bhí Evan ag an taobhdhoras anois agus léim sé ar chúl an *Aprilla*. D'imigh sé féin is Rio de ruathar isteach i halla an stáisiúin freisin.

Bhí Síofra fós ar an mbalcóin. Bhí sí ag faire ar na ciorcail ar a mionscáileán féin. Bhí an fón Vortex ina lámh. Bhí sí ag réiteach don jab tábhachtach a bhí le déanamh aici. An jab tábhachtach a bhí mar chuid de phlean Evan.

Gleo is torann sa stáisiún traenach. Bhí an *Yamaha* ag dul síos staighre. Bhí daoine ag rith is ag scaipeadh roimhe. Lean an *Aprilla* síos an staighre é, i dtreo na línte traenach faoi thalamh. Bhí na gluaisrothair ag preabadh ar gach céim den staighre.

Shroich an dá ghluaisrothar halla mór eile faoi thalamh. Siopaí breátha ar gach taobh. Staighrí is pasáistí eile le feiceáil, agus comharthaí go dtí na línte traenach. Níos mó ná seasca líne traenach ar fad sa stáisiún.

Suas, síos, timpeall is ar ais. Rio is Evan sa tóir ar Nimh is Oisín. Póilíní Nua-Eabhrac sa tóir ar an dá ghluaisrothar.

Ruaille buaille agus mire mearaí. Luas agus contúirt.

Bhí gunna ag Nimh. Scaoil sí dhá urchar le Rio is Evan ach níor bhuail sí iad. Bhí an fón Vortex ina lámh ag Evan. An gunna Vortex. Ach bhí eagla air siúd urchar a scaoileadh le Nimh. Bhí Oisín ar chúl an *Yamaha* léi agus níor theastaigh ó Evan é a bhualadh.

Bhí na geataí go dtí na línte traenach dúnta. Bhí póilíní an *NYPD* ag teacht de ruathar síos rampa mór go dtí an halla.

Níorbh ea, bhí geata amháin oscailte. Bhí garda stáisiúin in aice leis, ag iarraidh é a dhúnadh. Thiomáin Nimh ar luas lasrach i dtreo an gheata agus lean Rio í. Bhí traein fhada shlíoctha taobh leis an ardán. Thiomáin Nimh ina treo. Bhí na doirse ag dúnadh ach bhí sí ag iarraidh réabadh ar bord.

Bhí sí ag druidim leis an traein. Bhrúigh Rio go tréan ar an luasaire. Bhí a lámha tuirseach ón stiúir. Iarracht amháin eile, ar sé leis féin. Last chance saloon an uair seo.

Chonaic sé seastán nuachtán ar an ardán. Sciuird sé timpeall go taobh an tseastáin. Bhuail sé an seastán leis an *Aprilla*. Bhuail an seastán an *Yamaha*.

Bhí Nimh ar an talamh. Bhí Oisín ar an talamh. Bhí gluaisrothar Rio is Evan ar an talamh taobh leo.

Bhí gunnaí ag glioscarnach. Bhí lámh Rio ar a ghunna. Bhí a lámh fliuch le hallas.

Tost. Tost san aer.

Tost a lean an phléasc nuair a scaoil Rio a ghunna.

Bhí Nimh ar an talamh. Nimh na gruaige órga. Bhí fuil ag sileadh óna lámh. Fuil dhearg ar an talamh in aice leis an ngunna a thit óna lámh.

Chonaic Rio an comhartha a thaispeáin cá raibh an traein ag dul. Yonkers, Manitou, Poughkeepsie. Strange ainmneacha, a dúirt sé leis féin. Ainmneacha ón saol fadó, maybe, nuair a bhí injuns seachas cowboys i gceannas i Meiriceá. Saol eile, scéal eile.

Bhí Rio ag féachaint ar na hainmneacha toisc nár theastaigh uaidh féachaint ar Nimh. Níor theastaigh uaidh smaoineamh ar ghunnaí ná ar fhuil. Bhí pian ina lámh, ón arraing a chuaigh trína chorp nuair a scaoil sé an gunna.

An rud faoin Vortex ná go raibh na contúirtí sa chluiche actually contúirteach, agus an phian actually pianmhar.

Ní fhaca Evan an comhartha a thaispeáin cá raibh an traein ag dul. Bhí lámh amháin aige ar Oisín agus a lámh eile ar an bhfón. Choimeád sé a shúile dúnta agus chomhair sé ó haon go deich. Dúirt sé focal amháin isteach san fhón ansin.

Bhí Síofra ina seasamh sa seomra codlata. Bhí cábla an Vortex ina lámh aici. Chuimhnigh sí arís ar phlean Evan. Chuimhnigh sí freisin ar an nglaoch fóin a tháinig ó athair Oisín cúpla nóiméad roimhe sin. Dúirt athair Oisín go raibh sé ag caint le máthair Oisín, agus go raibh an bheirt acu buartha faoina mac. Bhí siad chun teacht go dtí an teach lena chéile, a dúirt sé, chun a chinntiú go raibh Oisín ceart go leor.

Tharraing Síofra an phlocóid amach ón mballa. Ghearr sí an leictreachas go dtí an Vortex.

Bhí lámh amháin ag Evan ar a chara Oisín. Thosaigh an scáileán istigh i spéaclaí an Vortex ag dubhú.

Chuimhnigh Evan go tobann ar Oisín fadó, a tháinig abhaile ó Thír na nÓg. Oisín fadó, a bhí ina sheanfhear nuair a thuirling sé dá chapall.

Saol eile. Scéal eile ar fad.

Bhain Evan de spéaclaí an Vortex. Bhí greim aige fós ar Oisín. Chas sé agus d'fhéach sé ar a chara. D'fhéach Oisín ar ais air agus thosaigh an bheirt acu ag miongháire.

Gluais

Caibidil a hAon

smacht:	control
sciorr sé:	he skidded / veered
snasta, gasta:	shiny and fast
áiteanna cáiliúla:	famous places
ag faire; ag faire amach do:	watching; on the alert for
naimhde:	enemies
luas; luasmhéadar:	speed; speedometer
tharraing sé:	he pulled
bhrúigh sé:	he pressed / pushed
radharc iontach:	wonderful view
thar barr ar fad:	really great / fantastic
ar tí iad a bhualadh:	about to hit them
nathair:	snake
ag sleamhnú:	sliding / slithering
gan choinne:	unexpectedly
buille leictreach:	electric shock
arraing:	stabbing pain
ag screadaíl:	screaming

Gluais

Caibidil a Dó

ag argóint:	arguing
spéaclaí móra:	large spectacles (like a headset)
nimhneach:	sore / painful
ná cuir an locht ormsa!:	don't blame me!
bhí mearbhall air:	he was confused
comhlacht cluichí:	games' company
teachtaireacht:	message
ní dúirt ceachtar acu:	neither of them said

Caibidil a Trí

ag cogaint ar a ingne:	chewing on his nails
tarraingthe suas faoina smig:	pulled up under his chin
buartha:	worried
go tostach:	silently
ag útamáil leis na hiallacha:	fiddling with the shoelaces
sínte siar:	stretched back
éadaí sraoilleacha:	scruffy clothes / clothes which were hanging on him

cochall a gheansaí fáiscthe:	the hood of his jersey pulled tightly
scáileán:	screen
léarscáil:	map
rinne sé miongháire:	he smiled
ag cogarnaíl; de chogar:	whispering; in a whisper
as radharc:	out of view / disappeared
ag iarraidh magadh a dhéanamh:	trying to joke / mock
dáiríreacht:	seriousness
de gheit:	with a start / suddenly
a thuismitheoirí scartha:	his parents separated
gléasanna cluichíochta:	game-playing devices
gafa istigh sa chluiche:	caught / stuck in the game

Caibidil a Ceathair

leideanna:	clues
príomhchlár:	main menu
próifíleanna:	profiles
misin:	missions
móid:	modes

Gluais

leibhéil:	levels
dathúil:	good-looking / handsome
ní raibh éad air:	he wasn't jealous
bríste reatha:	tracksuit
plucach:	chubby / chubby-cheeked
meangadh:	smile
mór an trua:	more's the pity
anonn is anall:	back and forth
treoirleabhar:	instruction book / booklet
cuardach... ar an idirlíon:	search... on the internet
chuaigh an cluiche amú:	the game went wrong / went astray
d'airigh sé:	he felt
leag as!:	lay off!
mearbhall:	confusion
ag luascadh:	swinging / swaying
in ainm Chroim!	for goodness sake!
bhí greim ag Síofra ar:	Síofra was holding
maide:	lever, stick
tábhacht:	importance

Caibidil a Cúig

cluasáin:	headphones
staideanna peile:	football stadiums
boc saibhir; boc mór:	rich fellow / big wig
go foighneach:	patiently
spéaclaí gréine:	sunglasses
ag scríobadh:	scraping
gáire searbh:	bitter laugh
mar go slogann cuilithe:	because a vortex swallows / sucks into it
scáileanna:	shadows
nimh:	poison
urchar gunna:	gunshot
pléasc ghrod, thorannach:	sudden, loud bang / explosion
i gcarrchlós:	in a carpark
stríocaí rásaíochta:	racing stripes

Caibidil a Sé

luasaire:	accelerator
le buachan:	to be won

Gluais

gach babhta:	each round, each bout
ar nós na gaoithe:	like the wind
sonc:	thump
lúb an boinéad:	the bonnet twisted
roc an miotal:	the metal crumpled
scoilt solas amháin:	one light broke / shattered
ar crith:	shaking / shivering
chuimil sé lámh amháin:	he rubbed one hand
mionscáileán:	mini-screen
áirse stairiúil:	historic arch
ar imeall an chiorcail:	on the edge of the circle
ag dul i léig:	fading, reducing
i lár an timpealláin ba mhó:	in the middle of the biggest roundabout
turasóirí:	tourists
ag druidim lena chara:	getting close to his friend, approaching him
saol bréige:	false / artificial world
an saol réalach:	the real world
comhartha sráide:	signpost / street sign

Caibidil a Seacht

bhí sé á preabadh:	he was bouncing (the ball)
luascán:	swing
plean a cheapadh:	to form a plan
a thúisce a fheicfimid:	as soon as we see
n'fheadar:	I wonder
bheidís ar a suaimhneas:	they'd have peace and quiet
cnapáin:	knobs
ar muin na muice:	in luck / on the pig's back
an-áisiúil:	very handy / convenient
tá dul amú orm:	I'm wrong, I have it wrong
cén fáth ar fhuadaigh na naimhde é?	why did the enemies kidnap him?
tá seift agam:	I have an idea

Caibidil a hOcht

pasáiste faoi fhoirgneamh:	passageway under building
luasbhád:	speedboat
ag bailiú pointí:	collecting points
lig siad orthu:	they pretended

Gluais

féile cháiliúil:	a famous festival
mascanna:	masks
ná bac sin anois:	never mind that now / don't bother with that now
deifir an domhain:	great hurry
earraí gloine:	goods made of glass
maol:	bald
ag géarú ar luas:	speeding up
steallóga uisce:	splashes of water
go seoigh agus go seolta:	wonderfully and smoothly
luas lasrach:	lightning speed
mire mearaí:	mad speed / crazy frenzy
dallamullóg a chur orthu:	to hoodwink them
mar a bheadh féileacán ar bhláth:	like a butterfly on a flower
maorga:	stately, grand
togha:	first-class / the best
go mífhoighneach:	impatiently
urchair á scaoileadh:	firing gunshots
clampar:	commotion / trouble
d'fhan sé ina staic:	he stayed rooted to the spot / didn't budge

Caibidil a Naoi

ag glioscarnach:	glittering / glistening
spéir bhréige:	a false / artificial sky
cur amú ama:	waste of time
cantalach:	cranky
as do mheabhair:	out of your mind
ina phluc:	in his mouth
a leaba cóirithe:	his bed was made
cosúil le fathaigh:	like giants
den scoth:	the very best
slíoctha:	sleek
dúshlán:	challenge
tithe spéire:	skyscrapers
clár scátála:	skateboard
aird:	attention
caille den stíl Mhuslamach:	veil in the Muslim style
balcóin:	balcony

Caibidil a Deich

bhain nathair greim as:	a snake bit him
análú i gceart:	to breathe properly
feallmharú:	assassinate
feallmharfóirí:	assassins
mangairí drugaí nó spiairí:	drug dealers or spies
ar láithreacha cáiliúla:	at famous locations
gluaisrothair:	motorbikes
thiomáin sí de ruathar:	she charged (on her bike) / drove in a rush
gleo:	uproar / battle
ag scaipeadh:	scattering / dispersing
sa tóir ar:	chasing
ruaille buaille:	commotion / ructions
réabadh ar bord: aboard	to tear aboard / to blast
seastán nuachtán:	a newspaper stand
sciuird sé:	he swept around to
fliuch le hallas:	wet with sweat
fuil ag sileadh:	blood trickling
chun a chinntiú:	to ensure

an phlocóid: *the plug*

nuair a thuirling sé: *when he got down from /
dismounted*